KAHÉNA N.

TÉMOIGNAGE
D'Algérie 1954 en France 2001

Les Presses du Midi

Impression PDM

---

121 avenue d'Orient - 83100 Toulon
Tel. : 04 94 16 90 20 - Fax : 04 94 16 90 29
Dépôt légal novembre 2001
ISBN : 2-87867-352-2

À Nacir

J'ai voulu te chasser de ma mémoire
devenue
douloureuse !
Après tant d'années, tu m'as rejointe
L'oubli m'a été impossible

Soyons en paix.

MON ENFANCE EN ALGÉRIE

Les faits que je rapporte ici datent de 1955 à 1957 dans le département de Constantine (Algérie).

Mes grands-parents étaient des maquignons, reconnus pour des gens respectables et de surcroît aisés. Mon père, Haïchen s'était exilé en France et ma mère, Nouria, épuisée par sa nombreuse famille veillait sur nous sous la haute autorité de Houssifa, belle-mère de mon père.

À notre départ, celle-ci a préféré déserter la propriété de son mari mort à 55 ans. Houssifa nous pleurait beaucoup. Elle nous adorait mais hélas, je ne m'en rendais pas compte… je la craignais tellement !

C'était une forte personnalité. Elle tenait tête aux hommes qui s'intéressaient de trop près à ses belles-filles en exhibant, livret de famille et courrier de l'étranger à l'appui prouvant qu'elles étaient mariées donc intouchables, les mettant ainsi à l'abri de ces enlèvements qui ont cours aujourd'hui encore. Il m'a fallu du temps pour me réconcilier avec elle mais il est péché, m'a-t-on dit, de déranger les âmes de nos morts.

Toutes mes pensées affectueuses frustrées vont à notre véritable grand-mère paternelle, morte de n'avoir pas pu donner vie à son bébé.

Les journées se déroulaient avec des enfants insouciants et des adultes parachutés dans ce bled pour protéger les leurs. La peur faisait partie de leur vie ainsi que de la nôtre ; eux non plus n'ont pas voulu de ces crimes. Les grands de ce monde en avaient décidé autrement... Nos matins avaient la vision des files incessantes de militaires. Mon frère aîné, Zaïren, maîtrisant parfaitement la langue française servait d'interprète aux soldats. On venait le surprendre la nuit pour traduire les interrogations musclées.

Notre sommeil était bercé par les cris des voisins qui subissaient et sévices et bastonnades. N'importe qui pouvait être accusé à tort ou à raison, de trahison.

Dans la journée, Zaïren s'improvisait pâtissier de ces demoiselles et confectionnait de merveilleux goûters avec des ingrédients dérobés à tante Jaïdanne. Nos jeux se passaient dans les immenses greniers à grains, ainsi que dans la cour avec le bétail.

Ma sœur aînée, Naïa, préférait de loin les beaux chevaux de mon père, quant à moi, je jardinais avec ma mère, participais à la récolte du coton ; féeriques étaient ces immenses champs noyés par ce soleil propre à l'Afrique du Nord. Perchées toutes les deux sur un chameau – seul moyen de transport pour nous - nous rendions parfois visite à sa famille dans la commune voisine. J'étais heureuse de ce moment.

On me surnommait « petit point noir » parce que j'avais la peau mate. J'en ai souffert mais j'ai grandi malgré une santé défaillante et ce serait plutôt un avantage maintenant. On se plaignait de mon silence, de mes réactions craintives et je fondais en larmes dès que l'on haussait le ton. Quel mal m'habitait déjà en ce temps-là ?

J'ai en mémoire une anecdote qui vous fera mieux comprendre. J'ai conservé le souvenir attachant d'un camarade qui se nommait Dhari. Il était d'origine tunisienne et avait la peau très mate. Je le surpris un jour, une brosse à poils métalliques à la main se frottant le visage et le corps avec une énergie farouche. Il espérait, m'a-t-il dit, s'affranchir de cette couleur de peau qui faisait que l'on se moquait de lui. Il était très beau pourtant, avec des yeux pétillants de vie et un sourire éclatant qu'il a d'ailleurs conservé. Aujourd'hui, marié à une jolie femme, ce n'est plus qu'un souvenir. On avait tout simplement oublié, à l'époque, de lui dire qu'on l'aimait tel qu'il était.

Mon deuxième frère, Agniour, aimait le contact. Il avait un sens aigu des affaires comme échanger des tortues avec des militaires français contre du poivre, épice rare et chère à l'époque, mettant sa vie en danger au milieu des balles qui sifflaient autour de lui. Que de menaces de mort proférées à son encontre par les hommes du village !

Nous recevions des nouvelles de mon père par des voyageurs. Un jour on nous annonça sa fin tragique avec un luxe de détail : coupé en morceaux, mis dans une malle, il n'allait pas tarder, d'après les dires, à nous parvenir en un maudit colis.

La rumeur s'étant vite répandue, nous fûmes envahis par tous les habitants réunis dans notre cour. Femmes et enfants pleuraient, se griffaient le visage, hurlaient leur douleur au Dieu impuissant. Quelle tension pour nous ! Deux jours après, un démenti est arrivé. Mon père était sain et sauf. Mensonge ! Pourquoi les gens éprouvent-ils le besoin d'en rajouter ?

Expéditions punitives imprévues chez les gens, départs précipités, descentes organisées par les militaires.

J'ai vu partir avec angoisse et ne plus revenir des membres de ma famille qui n'ont pas échappé à la loi des enlèvements orchestrés et organisés par les uns et les autres. À quel statut peuvent-ils prétendre aujourd'hui ? Morts pour la patrie, laquelle ? Pour nous, civils, victimes d'une guerre non souhaitée, notre ennemi n'avait pas d'identité. Le danger était présent à tout instant. Militaires, Français, Harkis et Fellagas, nous soupçonnaient et nous accusaient ensemble d'être des traîtres.

Haïchen pensait à nous. Bientôt nous allions le rejoindre.

Nous étions les otages des deux patries. Qui sommes-nous en réalité ?

L'Algérie était bouleversée à l'image de tous… Que de vies volées !

Un matin, où la délation avait si bien fonctionné – soldats français et harkis sont arrivés en renfort. On nous a réunis dans la cour, lieu annonciateur de drames. Là, se trouvait en face de nous, un ennemi en proie à sa folie assassine. Le cousin de mon père, Nacir, marié avec enfants, instituteur du village a été mis aux arrêts. Son frère, accusé de participer aux actions du F.L.N., a pris le maquis. Sur son cheval, se dressait devant nous le Lieutenant Fouscouf avec sa longue cape ; ce parano, d'origine maghrébine, qui avait choisi de rester dans l'armée française fut tué plus tard par un officier français ulcéré par ses atrocités commises au nom, prétendait-il, de la guerre. Son frère qui avait au contraire choisi le camp des Moudjaïdines fut tué au cours d'opérations militaires.

Le village entier était terrorisé, on connaissait déjà ses pratiques monstrueuses.

Il hurlait ses ordres à de jeunes soldats. Il fallait à tout prix faire parler l'innocent Nacir sur les actions de son frère.

Quand on est enfant, on est impressionné par les grosses bottes des soldats ; leur bruit résonne encore dans ma mémoire.

Leurs cris incessants nous effrayaient, tandis que Nacir, attaché et couché par terre, subissait la torture du tuyau d'eau dans la gorge pendant que d'autres piétinaient son ventre. Cela ne suffisait pas, et c'est ainsi qu'il ne put se soustraire à celle des fils électriques.

Après, nous avons pu le voir, méconnaissable à la suite de ce traitement en même temps que son épouse Djamila, attachés tous deux à un poteau subissant les mauvais coups. Djamila, au visage tuméfié, humiliée par sa nudité, violée a été épargnée avec pour héritage, la mort de son mari.

Par pudeur, ma famille autrefois avait choisi le silence. Aujourd'hui enfin, on ose en parler. Jaïdanne, ma mère et moi, nous nous sommes rendues sur la tombe de Nacir. Elles brûlaient quelques brindilles et priaient afin que son âme soit en paix. Moi, je déguisais ma peine par des jeux imaginaires, ma volonté de rêver et d'espérer, mon instinct de survie qui ne me quittera jamais..., mais à quel prix !

Faut-il faire un rapprochement avec ces faits. Enfant, j'avais peur et horreur de l'eau. Adulte, je triche sans cesse avec celle-ci, je la colore et voue une passion pour le thé, l'eau me donne la nausée.

On n'a pas mesuré à quel point tous les protagonistes actifs ou passifs de cette guerre ont été traumatisés, les combattants des deux bords comme les civils et les rapatriés n'ont pu panser leurs blessures.

Il faudra bien un jour s'expliquer, accepter leur terrible histoire et l'obligation de réparation des préjudices qu'ils ont subis.

Quant aux Harkis, ils restent les oubliés de par leur choix. Enfant, je ne pouvais pas les comprendre quand je voyais leurs agissements au nom de l'Algérie Française.

Ne pas reconnaître l'histoire douloureuse d'un peuple, c'est l'amputer de son identité, en accepter ses drames c'est l'aimer, le pardon s'impose. Les deux pays concernés, doivent reconnaître leurs torts et leurs crimes.

Le temps est parfois l'ami de l'homme ; hier, les Harkis, étaient aussi les ennemis de mon père, aujourd'hui pourtant ils sont ses amis. Que de drames et d'amours en commun, la réconciliation est au rendez-vous de cette amitié. Une évidence même.

Malheureusement de ce pays qui fut le mien, je n'ai gardé comme souvenir, que les atrocités. Mon passé en Algérie je le compare à celui des enfants orphelins en quête perpétuelle de leur mère biologique.

France, mère adoptive, que je chéris tant ! Les vieux prétendent que l'Algérie a perdu sa raison, les démons la hantent encore aujourd'hui.

Qu'il s'agisse des guerres du passé ou récentes, elles utilisent encore la torture. J'ai une pensée pour cet obstétricien accoucheur qui avait lui, choisi avec amour, de donner la vie et qui n'arrêtait pas de rappeler souvent à ses clientes leur devoir. Il faut lutter contre tout cela.

L'exemple doit être donné et la mémoire collective ne doit pas nous quitter.

La plupart des officiers supérieurs (quel que soit leur pays) assurent que la torture est souvent nécessaire dans une guerre, presque un devoir. Malheureusement, un cas de conscience se pose, quand il faut servir son pays contre l'ennemi et le terrorisme ? Qui est le criminel ? Le donneur d'ordre ou l'exécutant ; le problème reste entier. Les héros d'un jour seront considérés demain comme les bourreaux dans la conscience du peuple. Ne pas reconnaître l'existence de la torture dans toutes les guerres, est une insulte à l'évidence.

L'héroïne d'un jour fut Jaïdanne qui cacha ce jeune soldat français perdu dans nos terres. Déguisé en femme berbère, il était parmi les autres femmes, affairé à rouler la graine de couscous, pour échapper au contrôle du F.L.N. qui le recherchait. Il a été sauvé par la complicité de toutes. J'ai souvent rêvé de cette scène. Qu'est-il devenu ? Ma tante a été heureuse de sauver cette vie, quelle que fût son idéologie.

On vivait d'une façon surprenante avec les horreurs et les superstitions du pays. Nous avions interdiction de dormir dans une chambre bien particulière à cause des Djinns (démons). La nuit, on entendait des cris d'enfants, des gémissements d'adultes, des bougies s'éclairaient par moment et s'éteignaient dès lors que l'on s'approchait ; les Djinns se vengeaient de leurs criminels. Nous, enfants, nous n'avions pas assez de cauchemars, il fallait aussi nous voler nos rêves !

Longtemps on m'a fait croire que le départ précipité de mon père était dû à un malentendu avec sa belle-mère ; désaccord sur l'héritage. Bien après, j'ai appris par ma mère, que leur mariage avait été imposé par leurs pères respectifs ; obligation d'aimer. Ma mère, jeune, n'avait que 13 ans, mon père, avait l'aisance, la beauté et dix ans de plus.

Des relations difficiles avec mon père, de tout temps, ont conforté mon idée du poids de sa culpabilité dans une affaire de famille restée secrète et qu'inconsciemment j'ai dû endosser. L'ancien testament d'Abraham me vient à l'esprit. J'éprouve une profonde admiration à l'égard de ma mère pour ce terrible passé.

Il a fallu bien du courage pour supporter les humiliations des uns et des autres, se protéger des sévices, des viols commis par la racaille du coin. Cette petite enfance, passée au milieu de ces soldats, a fait que jeune fille, je fus l'otage du syndrome de Stockholm, admirant l'uniforme et me prenant de passion, à 20 ans, pour un Saint-Cyrien de 30 ans. Le poids des ans renforce de plus en plus le souvenir pesant de la perte des miens. À présent, je ne prétends pas ignorer les actes de torture des Algériens à l'encontre de la population française.

Au cours d'un voyage en Égypte, j'ai surpris une conversation de deux anciens militaires qui prétendaient que le peuple Algérien n'était pas non plus sans reproche. Un jeune soldat avait été enlevé, violé toute la nuit par plusieurs Algériens, militaires ou civils, je n'ai pas su. Relâché au petit matin non loin de sa caserne, il s'est pendu le lendemain dans sa chambre pour ne pas avoir supporté l'atteinte à sa dignité. Mieux vaut la mort que la souillure.

On retrouvait souvent, les hommes morts égorgés avec leurs parties génitales dans la bouche, les femmes enceintes éventrées. Témoin de ce récit accablant, j'ai osé dire à l'un des deux, combien je regrettais de ne pas les avoir rencontrés plus tôt afin d'échanger nos drames et notre histoire commune. Surpris, le plus actif dans cette guerre m'a répondu :

« Vous n'êtes pas d'accord avec moi ? »

« Malheureusement oui », et j'ai aussitôt rajouté :

« Vous savez, Monsieur, je n'ai connu que la torture sur les miens, je fus un enfant, parmi tant d'autres, témoin de l'horreur, mais nous n'avions pas eu connaissance de la vôtre. Les informations ne passaient pas, nous pensions que nous étions les seules victimes de ce drame. Peut-être est-ce là un moyen de cultiver la haine contre un seul ennemi ».

Il m'a rétorqué :

« Pourquoi ce gâchis ? La guerre d'Algérie fut affaire de politiciens ; c'est bien que la France reconnaisse la pratique de la torture en Algérie ».

« Sans doute, mais encore faudrait-il que l'Algérie comprenne que si certains soldats français ont torturé, c'était par terrible nécessité de faire avouer des terroristes poseurs de bombes qui tuaient des innocents et que cela n'avait rien à voir avec la barbarie de certains algériens hystériques qui se livraient à des atrocités, par pur sadisme ou vengeance.

Le voyage s'étant terminé, je n'ai plus revu ces messieurs : je le regrette.

La presse relate dans ses colonnes des faits divers, hélas trop souvent à mon goût, d'étranges histoires d'hommes, vieillis, meurtris, aux cicatrices morales, psychiques encore non refermées, poursuivis par leur passé, armés de leur ancien attirail caché au cas où les fantômes viendraient à ressurgir, qui perdent la raison un soir en faisant feu sur les civils innocents – syndrome de la guerre d'Algérie.

Il faudra un jour peut-être penser à créer, pour aider ces hommes dont l'affectif a été détruit par un sentiment d'injustice, une cellule médicalisée afin de leur réapprendre la vie normale.

Nos morts restent présents parmi nous. Qui soulève le problème du pardon ? Certainement pas les victimes. Pourquoi avoir tant attendu ? À qui revient la responsabilité, le Gouvernement d'hier, ou d'aujourd'hui ? La guerre est une histoire d'hommes qui la font subir à d'autres qui ne l'ont pas désirée.

Ces hommes en question ont été mon père, mon frère, mon mari, mon fils. Nous sommes des enfants nés dans une guerre plus stupide que d'autres, témoins muets et traumatisés par nos souffrances partagées qui avons seulement été des figurants non reconnus de cette douloureuse histoire que fut la guerre d'Algérie.

Devant l'universalité des comportements des acteurs, de cette guerre, on ne peut s'empêcher d'en vouloir à tous et en même temps, d'être tenu de pardonner à tous.

Nous avons rejoint mon père en France où sa vie n'a pas été des plus faciles. Jeunesse dorée en Algérie, il a dû accepter ici, des emplois difficiles. En souvenir d'un travail dans une scierie, il a gardé des séquelles aux poumons. D'une santé fragile, il s'est orienté vers le petit commerce comme beaucoup de ses compatriotes, séparés de leur famille restée en Algérie, qui avaient, pour compagne en commun, la nostalgie de leur pays. Le malheur réunit les gens de même souffrance ; nombreux, concentrés dans certains quartiers, ils se donnaient l'illusion des lendemains faciles.

À cette période, la communauté algérienne vivant en France, subissait régulièrement intimidations, pressions, voire menaces de mort de la part du F.L.N qui avait mis en place un impôt obligatoire. De nombreux pauvres Algériens persécutés, s'exécutaient par crainte de représailles à l'encontre de leur famille.

Pour avoir refusé cet impôt, mon père reçut des menaces de mort et fut l'objet d'une tentative d'assassinat. Son fidèle ami le supplia de changer d'itinéraire tous les soirs pour rentrer chez lui. Mon père prit ses précautions sans jamais trahir son ami des temps difficiles, car lui aussi, courait de gros risques. Sur cette période de sa vie, je n'ai jamais osé poser la moindre question à notre père.

Rackettés, nos anciens d'aujourd'hui ne sont ni pris en charge, ni reconnus par le Gouvernement Algérien, et dans leur vieillesse, c'est au système social mis en place par la France qu'ils doivent de survivre. Dramatique que de subir la tyrannie des siens. En de tels moments, on doit se sentir terriblement seul.

Quelques mois plus tard, au petit matin, nous fûmes réveillés par des bruits intempestifs et des coups frappés à notre porte d'entrée, accompagnés de hurlements insensés. Je fus terrorisée. Péniblement, mon père dut se lever et ouvrir à ces inconnus qui étaient des policiers. Fouille, insultes, maltraitance, devant nous ses enfants.

Retour vers le drame antérieur ; l'histoire nous a rattrapés ! Sur délation d'un voisin (tout se sait un jour), mon père fut soupçonné de collaborer avec le F.L.N. et d'avoir caché un important stock d'armes. Ce qui était totalement faux.

Après enquête et au bout d'un mois, mon père fut innocenté et relâché. Jalousie, méchanceté ou tout simplement fantasme avait dû motiver ce voisin. Sous le poids des remords et de la honte, celui-ci se tenait de plus en plus voûté lorsqu'il nous croisait, ses yeux effleurant le sol. Solidaires de nos parents, nous lui manifestions hostilité et indifférence ; il en conçut une gêne si grandissante qu'il finit par déménager. Un lâche parmi tant d'autres.

Je fus scolarisée dans une école ou nous n'étions que deux familles algériennes. L'enseignante, Madame Dubuis, était sèche et grande, d'un aspect sévère, au physique du Nord et entretenait sa forme en mangeant toute la journée du citron. Étonnée, je me posais la question : avait-elle vraiment besoin d'ajouter cette acidité à sa sévérité ? Elle cultivait à mon égard le « je t'aime, moi non plus », que je lui rendais bien d'ailleurs.

Au milieu de tous ces enfants, je me sentais abandonnée dans un monde de silence, parce que je ne parlais pas la langue française. J'étais si loin du monde des vivants. À cette époque, il n'existait pas de classe d'initiation pour les étrangers ; cela ne devait pas être évident pour les enseignants.

Les premières années scolaires m'ont appris les relations avec mes petites amies. Je fus mise sur la touche à cause de mes origines. Par la suite, je me suis imposée afin d'exister. Je l'oubliais rapidement lorsque mon amie Marie-Christine, m'invitait quelques fois chez elle, pensait à moi pendant toutes les fêtes catholiques. Cela me réconciliait avec le monde, me faisait oublier le reste et me remplissait de joie et, de surplus, elle avait des parents d'une bonté exemplaire. Le racisme n'était pourtant pas flagrant, mais présent en sourdine.

Je m'étais fait ma théorie du racisme : à savoir que l'inconnu fait peur, la différence choque, la masse dérange ; nous sommes problème pour les autres, et par un effet de boomerang, nous devenons sujet de conflit.

Vouant une véritable passion au sport au sein de mon école, comme dans le club municipal, j'ai appris à connaître le prix à payer pour réussir : effort, endurance, volonté, sans oublier l'épouvantable trac. Les compétitions étaient un challenge pour moi. Bonne école de la vie quand l'activité sportive est pratiquée d'une façon saine. À 15 ans, j'ai dû abandonner ; mon père refusant ma soi-disant nudité devant tout le monde, au prétexte que mon collant noir de gymnaste était impudique.

J'ai à ce moment et avec beaucoup de tristesse perdu tout espoir de faire carrière dans ce domaine. L'éducation algérienne veut qu'à partir du moment où vous devenez jeune fille, vous représentez un danger. Les regards de convoitise sur elle ne sont pas autorisés. Il faut vite préparer toute jeune fille au mariage. En y repensant, bien que n'étant pas d'accord avec ce système, je me dis que c'est un moyen d'éviter bien des problèmes à un âge où les difficultés d'éducation commencent à surgir pour les parents. En ce qui me concerne, c'est un événement important au sein de ma famille qui m'a valu de prendre en mains mon destin de femme…, à neuf ans !

Devant tant d'incompréhension à mon égard de la part de mes parents, j'avais parfois douté d'être véritablement leur fille et me faisais des scénarios sans oser leur en parler. Par la suite, avec l'âge, ma ressemblance avec mes jeunes sœurs était si flagrante, si indiscutable que cela, je l'avoue, m'a rassurée, sécurisée et a dissipé totalement mes inquiétudes.

Ne pas être appréciée des miens et ne voulant pas être leur otage, m'a valu de prendre des décisions importantes, sans aucune retenue ni sentiment de culpabilité.

Je ne ressentais nullement le besoin de plaire à cet amour contrarié ; d'autant plus que j'ai bravé l'interdit sans regret. À chacun les conflits de sa génération.

De même que j'ai souffert de mon désamour à l'égard d'un homme qui osa un jour travestir ma vérité et me suspecter de tous les maux.

Comprenant ma condition de femme algérienne, je travaillais en secret contre la future opposition de mon père à propos de mon avenir, et préparais ma liberté. Mon intégration en tant que jeune fille algérienne en France, ne m'a pas posé de grandes difficultés. Peut-être me suis-je donné, avec honnêteté, les moyens d'y parvenir ! Il est vrai qu'en ce temps-là, la situation était différente : économie florissante, population maghrébine moins nombreuse. Les familles étrangères vivaient mélangées en parfaite harmonie avec les autres. Nous étions tout de même moins bruyants.

Toute ma reconnaissance va à ce père qui a travaillé durement toute son existence afin que nous puissions avoir une vie heureuse et confortable.

Dans mon entourage, certains anciens militaires français me disaient que pendant cette guerre, mon père aurait pu se trouver en face d'eux et tirer. Je rassure ces personnes bien pensantes, mon père condamnait cette guerre et rejetait en bloc tout acte de barbarie.

Française, non par hasard, mais par choix mûrement réfléchi, avec des origines algériennes, je me surprends parfois à être étonnée et à la fois heureuse de cette liberté d'expression que l'on rencontre dans ce pays devenu, avec bonheur le mien, de cette intégration réussie qui me fait Française sans que j'oublie pour autant mes origines.

Le destin a parfois des dénouements heureux !

On n'oublie pas de me citer, en mauvais exemple, l'Algérie d'aujourd'hui, orpheline de la France, qui se meurt dans une guerre fratricide, plus terrible qu'à leur époque.

A-t-on vu une guerre heureuse ? Non ! Celle-ci fut monstrueuse, sans vainqueur, quoiqu'on en dise, et l'Algérie joua-t-elle à l'apprenti sorcier ? Le peuple algérien, trompé, abusé, s'en relèvera-t-il ? Je le crois car sa jeunesse ne manque pas de courage et d'ambition. Peut-être était-ce là, un point de passage obligé.

Mon témoignage sur cette période (1955 – 1957) n'est pas fait dans le but de nuire ni de salir la mémoire de nos morts qu'ils soient Algériens, Harkis ou Français !

Avec respect et honnêteté, j'ai tout simplement essayé de me libérer de ce traumatisme d'enfant qui avait envahi ma vie. Il m'était devenu impossible de le garder seulement dans ma mémoire…, j'avais besoin de le crier. Dans ma propre famille certains ont fait des choix différents que je respecte. Que ce témoignage puisse au moins servir à ce que mes choix soient, eux aussi, respectés.

Chassée de ta mémoire douloureuse
et orpheline de tes rêves si fragiles
mes larmes ont perdu à jamais mon âme !

Sur ce chemin incertain de ma vie,
Tu ne m'as laissé que le silence pour ami.
Hier encore, ce bonheur, si étrange,
N'est plus que nuage aujourd'hui,
mes larmes ont perdu à jamais mon âme !

Mes années se sont voilées de ton oubli,
et ma paix s'en est indignée.
Trahie par ton cœur, ton amour se refuse à moi,
où es-tu ?
Mes larmes ont perdu à jamais mon âme !

Ta raison troublante avec tes amours
contrariées je t'ai aimé.
Avec innocence, j'ai savouré tes interdits
et gardé comme souvenir la souffrance.
Mes larmes ont perdu à jamais mon âme !

Tes démons hantent mes nuits,
ta conscience m'effraie…
Sentiments frustrés, illusions des lendemains,
vous avez envahi ma vie de tristesse…
Mes larmes ont perdu à jamais mon âme.